एक और मधुशाला

एक और मधुशाला

[मदिरा-विरोधी-काव्य]

मद ने हद जब पार किया
उठी लेखनी तब औचक!
[AFIRST OF ITS KIND]

डॉ. सुरेश प्रसाद

ज्ञान गंगा, दिल्ली

प्रकाशक : ज्ञान गंगा, 205-सी चावड़ी बाजार, दिल्ली-110006
 / संस्करण : प्रथम, 2011 / मूल्य : एक सौ पचास रुपए
मुद्रक : भानु प्रिंटर्स, दिल्ली ISBN 978-93-80183-43-5

EK AUR MADHUSHALA *by* Dr. Suresh Prasad Rs. 150.00
Published by Gyan Ganga, 205-C Chawri Bazar, Delhi-110006

INDIRECT ADVICE
IS
THE BEST ADVICE

''मद्‌यप को जब अच्छा लगता
जपना प्यालों की माला,
किंचित, नहीं बिगड़ती सेहत
जितना भी ढाले हाला,

तब, कैसे बीबी-बच्चों का
होगा लाल लहू काला,
यदि, वे भी पीने लग जाते
चिर-परिचित मादक ज्वाला?

'एक और मधुशाला' में हैं
ऐसे ही कुछ प्रश्न सरल,
सबल, सुखद, उद्‌देश्य मगर है
नहीं रहे मद, मधुशाला।

बात घुमा कर कहने पर,
दिल में जाती सहज उतर।

1 मैं अपनी ही पुस्तक पर स्वयं दे रहा हूँ दस्तक--

लिखने का कारण जानें
आवश्यक है यह बेशक!
मद ने हद जब पार किया
उठी लेखनी तब, औचक।
एक चिकित्सक का कर्त्तव्य
यहाँ निभाना आवश्यक।

हाला, प्याला, मदशाला
ये घोर तबाही के घर हैं,
मदबाला, मदकलश, हलाहल
के भी जहरीले स्वर हैं।

‘बच्चन’, फिटजेरॉल्ड, उमर--
खैयाम-प्रिया वह ‘मधुशाला’,
लाल लहू को सदियों से
अब तक, करती आयी काला।

दुनिया की दयनीय दशा की
दिशा मोड़ने को निकली,
लेकर अमृत-कलश अंक में
‘एक और (नव) मधुशाला’।

दुनिया को अब, नहीं पड़ेगा
ज्वाला हाला से पाला,
बीबी-बच्चों संग कटेगा
समय सदा खुशियोंवाला।

डॉ. सु.प्र.

2 प्रतिक्रियाएँ

साहित्यवाचस्पति डॉ. श्रीरंजन सूरिदेव
एम.ए. (प्राकृत-जैनशास्त्र, संस्कृत एवं हिंदी)
स्वर्णपदक प्राप्त, पी-एच.डी.,
साहित्य-आयुर्वेद-पुराण-पालि-जैन दर्शनाचार्य,
व्याकरण तीर्थ, साहित्यरत्न, साहित्यालंकार

डॉ. सुरेश प्रसाद हिंदी के सुप्रतिष्ठ हस्ताक्षर हैं। इन्होंने गद्य और पद्य दोनों विधायों को अपनी रचनात्मक प्रतिभा से समृद्ध किया है। 'मधुशाला' पुण्यश्लोक हरिवंश राय 'बच्चन' की कालजयी काव्य कृति के रूप में बहुविदित है। डॉ. सुरेश प्रसाद द्वारा लिखी गई काव्य कृति 'एक और मधुशाला' अन्यापदेशिक या अप्रस्तुत प्रशंसात्मक शैली में प्रस्तुत की गई है और यही इसकी खासियत है।।

तीक्ष्ण प्रज्ञ कवि सुरेश जी ने शराब की व्यंग्यगर्भ प्रशंसा के माध्यम से उससे होनेवाली सामाजिक बुराइयों का उद्भावन बड़ी निपुणता से किया है। व्यंग का मूल उद्देश्य समाज-सुधार है, जिसका महनीय निदर्शन है 'एक और मधुशाला'।

आशा है, बच्चन जी की 'मधुशाला' का परकाय-प्रवेश-रूप इस काव्य कृति में काव्य पाठकों को बच्चन जी और सुरेश जी दोनों की समानान्तर भाव-भूमि की उपस्थिति का एहसास अवश्य होगा, पर दोनों

की कथ्य की व्यतिरेकी मानसिकता का अध्ययन भी आस्वादकारी प्रतीत होगा।

'मधुशाला' की काव्यात्मक प्रतिक्रिया स्वरूप उपन्यस्त 'एक और मधुशाला' एक स्मरणीय जनोपयोगी काव्य कृति के रूप में जन समादृत होगी, ऐसा विश्वास है।

□ श्रीरंजन सूरिदेव

जिस शराब के प्रबल पक्षपाती विश्व के विभिन्न साहित्यों में फिट्जेरॉल्ड, उमर खैयाम और डॉ. हरिवंश राय बच्चन जैसे लब्धप्रतिष्ठों ने उसे साहित्यिक मान्यता प्रदान की वहाँ प्रथमतः डॉ. सुरेश प्रसाद ने मदिरा के प्रतिपक्ष में विज्ञानपूर्ण विचार देकर लोगों को सुदृढ़ ढंग से इस दुर्गुण से दूर रहने की सलाह दी है।

डॉ. सुरेश हृदय से कवि एवं कर्म से चिकित्सक हैं इसलिए, इनकी रचनाओं में इन दोनों गुणों का समुचित समावेश मिलता है, डॉ. प्रसाद की काव्य-भाषा में प्रवाह एवं ओज है। इनके शब्द-प्रयोग में लालित्य है। कथ्य पाठकों के लिए सहज ग्राह्य है। इतने विषद रूप में मदिरा के दोषों का निरूपण एकत्र दुर्लभ है।

डॉ. प्रसाद ने मदिरा के विरुद्ध काव्यात्मक आवाज उठाकर मद्यपों का मनोबल बहुत हद तक तोड़ा है। मध्यपान से छुटकारा दिलाने का यह प्रयास सराहनीय है। मदिरा पर आज तक मेरी दृष्टि से इस तरह का कोई दूसरा काव्य नहीं गुजरा है। यह कृति स्वाभाविक रूप से लोकप्रिय और चर्चित होगी तथा हिंदी-साहित्य-जगत् एवं लोक-मानस दोनों इसका आदर करेंगे निःसंदेह ऐसा विश्वास है।

डॉ. प्रसाद की ही मदिरा के विरोध में 'मदान्तकी' काव्य पुस्तक अभी जल्द ही प्रकाशित हुई है जो, काफी चर्चित हो रही है।

डॉ. रामदेव प्रसाद

एम.ए.–हिंदी, संस्कृत

(वि.वि. स्वर्णपदक प्राप्त)

एल एल.बी., पी-एच.डी, डी.लिट्.

'एक और मधुशाला' मेरे बाबूजी की रचना है। बाबूजी, पिता श्री कहने की अपेक्षा, ज्यादा आत्मीय लगता है। 'एक और मधुशाला' पढ़ने के बाद सहज उत्प्रेरणा के अन्तर्गत मैंने लेखनी चलायी है। समादरणीय डॉ. हरिवंश राय 'बच्चन' की 'मधुशाला' का एक दौर था और आज भी उसका महत्व अक्षुण्ण है फिर, 'एक और मधुशाला' की आवश्यकता क्यों पड़ी? साहित्य-जगत में अपने-अपने सम्प्रेषण की क्षमता युगबोध और आदर्श होता है। विचारों की अभिव्यक्ति व्यक्तिगत स्तर से सामाजिक स्तर तक जाता है और सामाजिक स्तर से व्यक्तिगत स्तर तक आता भी है। मैं कहना यह चाहता हूँ कि समय सापेक्ष होना और वह भी यथार्थ क्षितिज पर, अपने आपमें एक महत्वपूर्ण स्थान रखता है। जिस ढंग से, जिस दृष्टिकोण से और जिस परिप्रेक्ष्य में 'एक और मधुशाला' का अवतरण हुआ है वह समीचीन जान पड़ता है। बहुविज्ञ, अल्पज्ञ और अज्ञों के बीच यह काव्य पुस्तक एक सेतु का काम करेगी इसी विश्वास के साथ।

□ राजीव रंजन प्रसाद

बिहार शिक्षा सेवा

फिटजेरॉल्ड, उमर खैयाम तथा डॉ. हरिवंश राय 'बच्चन' जहाँ हालावाद के प्रतिपादक रहे ठीक, इसके विरुद्ध डॉ. सुरेश प्रसाद (चायवाद के प्रवर्तक) ने हाला के प्रतिपक्ष में काव्यात्मक आवाज उठाकर अपने को प्रगतिवाद, प्रयोगवाद और प्रचारवाद की श्रेणी में लाकर खड़ा कर दिया है चाय महाकाव्य, मदान्तकी (मदिरा-विरोधी,) एक और मधुशाला (मदिरा-विरोधी), परिवार-कल्याण (पति-पत्नी-संवाद), जीवन-बीमाः सब जनहिताय, चाय और मदिरा (तुलनात्मक), एड्स आदि काव्य रचनाएँ लिखकर।

डॉ. प्रसाद ने मदिरा की हर अदा को कातिल करार देते हुए प्रतिक्रिया स्वरूप उस पर कातिलाना हमला बोल दिया है; उसके सारे काले चिट्ठे खोलकर रख दिया है दुनिया की आँखों के सामने। 'मदपायी' तथा 'मदिरा-विक्रेता' पर भी विनम्रता जताते हुए उन्हें मदिरा का साथ देने से मना किया है औचित्य बताते हुए।

□ विश्वेश्वर दास

उपनिदेशक, राजभाषा विभाग, बिहार, सरकार

चिन्हित पृष्ठ सह--सारंश
[INDEX CUM SUMMARY]

पृष्ठ

(1)

दुनिया के आगे रखता हूँ
स्वरचित इस पुस्तक को मैं,
और
स्वयं ही इस पुस्तक पर
देता हूँ पहली दस्तक।

(2)

हैं साहित्य-गगन के कुछ
हस्ताक्षर भी इस रचना पर,
उनके स्वर-अक्षर-शब्दो-सँग
उतर रही 'नव मधुशाला'।

(3)

मैं हूँ एक चिकित्सक 'साकी'
यहाँ नहीं है 'मदबाला',
मदपायी का स्वागत करता
ले मृण प्यालों की माला।

पृष्ठ

(4)

सीधी सच्ची बात बढ़ाकर
तब, आगे धरता प्याला,
गले लगाने के पहले
सोचे, मदिरा पीनेवाला।

(5)

जग में कौन सुखी है जिसने,
हाला को जीभर ढाला,
क्या अपना परिवार-देश से भी
बढ़कर है मधुशाला?

(6)

अपना-अपना रंग जमाता
गले उतरकर हर प्याला,
जीवन में ही दृश्य मौत का
दिखला देती विष-व्याला।

(7)

जब पड़ता गर्हित, विगलित,
विष-व्याला से निशि-दिन पाला,
तन का हर पुर्जा को डस कर
हँसती हा! हा! हा! हाला।

(8)

मद्यप मद में मौज मनाता
क्यों न पिएं बीबी-बाला?
नहीं चाहतीं अबला बनकर
जीना मद मातल ज्वाला।

(9)

मदिरा अगर, नहीं मारक है
लगे न बच्चों पर ताला,
मद्यप से ही सीख रहा है
पीना, वह भोला-भाला।

(10)

सड़े-गले चावल, महुआ, फल से
बनती मादक हाला,
जिसे आज आंखों के प्यालों से
पीता पीनेवाला।

(11)

वैदिक ग्रंथों में मदिरा को
कहा गया बद, विष-व्याला,
छल है सुरा कलह की जड़ है
अंगूरी मादक ज्वाला।

(12)

अच्छी जगहों में मद-प्याला
कभी नहीं जाता ढाला,
यही फैसला कर देता है
अच्छी है या बद हाला।

(13)

गले उतरते ही सहसा
जिह्वा पा जाती है हाला,
फांसी के फंदे तक
आसानी से पहुँचाता प्याला।

(14)

पीने के पीछे 'कुछ कारण'
आगे रखता मतवाला,
बिना किसी कारण के अबतक,
मिला नहीं पीनेवाला।

(15)

'सिर्फ आजभर पीऊँगा'
यह कहता हर पीनेवाला,
आज हमेशा रहता,
रहती रोज चहकती मदशाला।

(16)

आवश्यक है बहस आज की
पेय अनावश्यक हाला,
आवश्यक है यह भी,
मद्यप गलत नहीं ढाले प्याला।

(17)

उद्योगी भी, विश्वलाभ-हित
बढ़े जिधर हो उजियाला,
जीवन दे सकता न अगर तो,
करे न जीवन को काला।

(18)

दृढ़ निश्चय से मैंने छोड़ा
छोड़े अब, हिम्मतवाला,
जीवन में गर्हित प्याला से
पड़े न क्षणभर भी पाला।

(19)

विष-मधुआ-हांड़ी पीकर जो
होश गंवा बैठा मद्यप,
'विह्स्की' की बूंदों से उसकी
जा सकती चेतना पनप।

(20)

परिचय, काव्य-पुस्तकों को भी,
जानें पाठकगण सादर,
संजीवन-रस छलक रहा है
पुस्तक के सब पन्नों पर।

3

मैं हूँ एक चिकित्सक 'साकी'
यहाँ नहीं है मदबाला,
मदपायी का स्वागत करता
ले मृण प्यालों की माला,

'बच्चन-युग' से बना रही है
मस्त सभी को 'मधुशाला',
लाख पिएं, दो लाख पिएं पर,
रिक्त नहीं होता प्याला।

आज खुली है **'एक और**
मधुशाला' ऐ, पीनेवाला!
स्वागत करता हूँ आगत का
ले मृण प्यालों की माला।

है विचित्र 'नव मधुशाला यह'
और यहाँ का हर प्याला,
मैं 'साकी' हूँ-- एक 'चिकित्सक'
यहां न मादक 'मधुबाला'।

यहां न केवल प्याला चलता,
चलती मेरी बातें भी,
''यहां शब्द-रस के बदले में
तथ्य लिए ढलती हाला।''

मधुबालाओं की चंचल--
चितवन से पी होगी हाला,
किन्तु, चिकित्सक के हाथों
कुछ अलग मजा देता प्याला।

जिस तेजी से पीते हो तुम
ढाल पिलाऊंगा लाला!
थक जाओगे किन्तु, रुकेगा
क्षण भर नहीं मदिर प्याला।

4

सीधी सच्ची बात बढ़ाकर
तब, आगे धरता प्याला,
गले लगाने के पहले
सोचे मदिरा पीनेवाला-

सागर मंथन से जो निकली
वही पिलाऊंगा हाला,
तुम जिस प्याला से परिचित हो
वही बनेगा उरमाला।

प्याला को छूने के पहले
लेकिन, जानो सच्चाई,
फिर, इससे तौबा करना
या जपना प्यालों की माला।

अधर-विचुम्बित होने पर तो,
समझ न पाओगे मद को,
गले उतरने पर हाला पर
लगा न पाओगे ताला।

नया अभी आये हो पीने
इसीलिए, बतलाता हूँ--
''काल कोठरी है मदशाला,
बोतल, मदिरा का प्याला।''

चप्पे-चप्पे पर दुःसह दुख-
दुर्दिन बोती विष-व्याला,*
जग-जन का कल्याण लिए मैं
रखता रिक्त अभी प्याला।

हा ला इन दो अक्षर में ही
'ना' 'हाँ' का है बोध सखे!
अक्षर एक विवशता का- 'हा!'
फिर भी, 'ला' क्यों कटु हाला?

---

* सर्प, सांप

आब* शरारत का 'शराब',
मदिरा, दारू, ठर्रा, हाला,
नहीं होश में रहने देती
जब इससे पड़ता पाला।

जिसमें भरी 'सुरा ही' जाती
वह तो मादक होगी ही,
नहीं 'सु-राही' होगी निश्चित,
होगी ही मारक ज्वाला।

लौटोगे अब मधुशाला से
या चूसोगे कटु हाला?
दोनों में मैं खुश हो लूंगा
तुम अपना सोचो, लाला!

पीओगे तो, प्यार परसकर
सहज पिलाऊंगा हाला,
'साकी' हूँ, भरना आता है
बहुत अदब से मृण प्याला।

---

* पानी, जल

सीख समझ यदि, लौट गए तो,
समझूंगा किस्मतवाला,
चाह निरंतर एक--'किसी को
मद से नहीं पड़े पाला।'

'एक और मधुशाला' तब सच,
सफल धन्य हो जाएगी,
जब हर मधुशाला पर अब से--
लटकेगा सब दिन ताला।

5

जग में कौन सुखी है जिसने,
हाला को जीभर ढाला?
क्या अपना परिवार-देश से भी
बढ़कर है मदशाला?

हो अनन्य मदिरा-प्रेमी सच,
परख लिया देकर प्याला,
थकते नहीं सुरा पीने से
धन्य, धन्य पीनेवाला!

काम हर्ज हो या भूखे हो
इसकी नहीं तनिक चिंता,
सतत् सताती चिंता केवल,
रुके न क्षण को भी प्याला।

रहते नहीं अकेले पलभर
सदा साथ रहती हाला,
साथ-साथ चलता रहता है
मिट्टी का चुक्कड़, प्याला।

जहां बैठ जाते हो मद्यप!
खुल जाती है मधुशाला,
दौड़ लगाने लगता प्याला
बदहवास आती हाला।

दिवस बीतते पीने में ही
रात गंवाते हो पीकर,
काम नहीं करते थोड़ा भी
सिर्फ नचाते हो प्याला।

समझ न पाता, तुम पीते हो
या पीती तुमको हाला,
तुम होते हो मदशाला में
अथवा तुम में मदशाला।

धन, यौवन तुम से पाकर ही
अंगड़ाई लेती हाला,
जीवन-रस तुम से लेकर ही
इठलाता है मद-प्याला।

तरह-तरह के रोग निरंतर
अंतर में पलते मद्यप!
गले उतरती सिर्फ एक, जब-
चिर-परिचित मादक हाला।

ऐसा क्या सुख पाते, बोलो!
पीकर विष-विगलित ज्वाला?
क्या पाते हो खोकर सबकुछ
ऐ साधक, पीनेवाला!

तन, मन, धन, जीवन, यौवन को
व्यर्थ लुटाते हो मद में,
नहीं बाद में जोड़ सकोगे
किसी एक को भी लाला!

प्रश्न एक है--मद में खोकर
तुमने अबतक, क्या पाया?
क्या खोता यदि, सुरा न पीता
कहलाता जीनेवाला।

जबसे बने सुरा के अपने
बच्चों का सुख जाना क्या?
पत्नी को कब गले लगाया?
गले लगी विगलित ज्वाला।

पत्नी, बच्चे, घर, समाज को
तुमने सिर्फ रूलाया है,
जबसे, तुमने बोतल, प्याला,
विष-व्याला* को है पाला।

मिट्टी का नव निर्मित प्याला
चूक गया यदि, गीले में,
नहीं बाद में सीधा होगा
सुखने पर चुक्कड़, प्याला।

* सर्प, सांप

बच्चों को यदि, प्यार न दोगे
क्या विकास होगा समुचित?
कहो, बिना पतवार नाव क्या--
कभी पार लगनेवाला?

अंधकारमय बीता जीवन
वर्तमान मत जाने दो,
बीबी-बच्चों को अपनाकर
बनो सुहृद जीनेवाला।

सुरा, सुराही, चंचल चितवन
दुख, दुर्दिन के द्योतक हैं,
क्या बीबी बच्चे, स्वदेश से भी
बढ़कर है मदशाला?

त्याज्य वस्तु है अगर सुरा तो,
'सिर्फ, आज तुम मत पीओ,
कल पर निशि-दिन छोड़ो पीना
आज न मन भाये प्याला।

6

अपना-अपना रंग जमाता
गले उतरकर हर प्याला,
जीवन में ही दृश्य मौत का
दिखला देती विष-व्याला।

मद की सेहत हेतु उठाओ
भरा हुआ मदिरा प्याला,
मुंह क्यों बिचकाते हो मद्यप!
यदि, कड़वी लगती हाला।

जल जाते हैं होठ, गला पर,
तनिक नहीं परवाह करो,
छाती जल जाती, जलने दो
पर, न रुको मद-मतवाला!

मदिरा के अन्दर जाते ही
बाहर आती चेतनता,
मानस को छलती, छलने दो
अधर-विचुम्बित हो ज्वाला।

घबड़ाहट छाती, छाने दो,
जठर जलाती यदि हाला,
मितली* आती है, आने दो
मगर, न रोको मृण-प्याला।

आंखों की यदि, मांसपेसियां
थक जाती हैं, थकने दो,
एक चीज दो दिखलाकर
रस-रास रचाती है हाला।

कबसे ढाल रखा हूँ हाला
पाला इसे न होने दो,
आज पिलाने को बैठा हूँ
अपनी सारी मधुशाला।

---

* मिचली

चलो उठाओ, गले लगाकर
रिक्त करो मदिरा-प्याला,
वाणी स्पष्ट नहीं होता
यह बात समझती है हाला।

उठते पैर नहीं बढ़ पाते,
बोझिल आंखें हो जातीं,
मन, विवेक, संयम पर छाती
जब, जहरीली मद-ज्वाला।

शक्ति-समीक्षा की यदि मद्यप!
कमती है तो, कमने दो,
किन्तु, नहीं कम होने दो
किंचित, अपना मादक प्याला।

मधुपायी! देखो प्याला को
भरा हुआ इसमें हाला,
तुम प्रतिविम्बित हो इसमें औ'
तुम में प्रतिविम्बित हाला।

बनो न बुत, मत फिक्र करो-
मल-मूत्र हुआ या लुढ़क रहे,
पीने का है मजा तभी, जब--
थके नहीं पीनेवाला।

धड़कन रुकती है दिल की तो,
क्यों चिंता करते लाला!
जीनेवाले को मरना है
बिना पिये भी तो हाला!

पीकर पछताना कैसा;
जब, बिना पिये जग पछताता?
व्यंग बोध को समझे, ऐसा--
ज्ञान न रखता मतवाला।

तुम्हें समझता बुद्धिमान मैं
आँख बचा यदि, हट जाते,
प्याला-दर-प्याला भर-भरकर
भरते नहीं जठर ज्वाला।

7

जब पड़ता गर्हित, विगलित,
विष-व्याला से निशि-दिन पाला,
तन का हर पुर्जा को डसकर
हंसती हा! हा! हा! हाला।

स्वतः समझते होगे अब तो,
सधे हुए मद मतवाला!
क्या-क्या समय दिखाते रहती
रक्त-कणों में घुल हाला।

मद पीने से श्लैष्मिक झिल्ली*
होती है आक्रान्त अगर,
करो नहीं पर्वाह जरा भी,
स्वर्गिक सुख देता प्याला।

* Mucus Membrane

जख्म जहर का पेप्टिक अल्सर*
चेतावनी अगर देता–
'सह्य नहीं होगा कटु हाला
का छोटा-सा भी प्याला।'

लेकिन, मदिरा की बातों पर
मत आना पीनेवाला!
वह जीवन जीना कैसा
जिसमें न पड़े दुख से पाला?

खाना को छुट्टी देकर के
पीते रहना कटु हाला,
क्षुधा मिटानेवाला गुण को,
लेकर चलता है प्याला।

बल विनष्ट होता मदिरा से
पर, इसकी चिंता कैसी?
क्या वलिष्ट हैं सभी धरा पर
जो न चूसते हैं हाला?

* Peptic ulcer

भरा हुआ है मृण प्याला में
मनपसन्द मादक हाला,
हाला में ऊर्जा, ऊर्जा से
ऊर्जित हो मद-मतवाला।

तन के ही प्रोटीन, विटामिन-
पर जीना मदिरापायी!
खर्च न कुछ करना खाने में
पर, खरीद पीना ज्वाला।

रक्त-वाहिनी-नलिकाएँ* यदि,
सूज अधिक जाती अथवा-
रक्त-चाप** ही कम जाता है
मत करना चिंता लाला!

कुछ दिन के पश्चात चुकेंगे
जब, प्रोटीन, विटामिन तब,
हड्डी का ठठरी बन चलना
जपते प्यालों की माला।

---

* Blood vessels

** Blood-pressure

पहले मद्यप पीता सुख से
प्याला-दर-प्याला हाला,
फिर, हाला को हाला पीती
मौज मनाती मदशाला।

पर, जब मदपायी को ही
पीने लगती कटुतर हाला,
कोई कहे, कभी क्या फिर भी,
रुकता है पीनेवाला?

हों घातक व्याधियाँ सभी पर,
रुके न क्षण भर भी हाला,
रुके सुराही और न प्याला
अथवा शीशे का जाला।

लकवा* जैसा लक्षण दिखता
या पैरों में सूजन ही,
या मधुमेह** गले लग जाता
गले लगे फिर भी, प्याला।

* Paralysis

** Diabetes

बढ़ जाता आकार हृदय का
या शरीर पीला पड़ता'*
नहीं छोड़ना सुरा, सुराही
स्वार्गिक सुखवाला प्याला।

रोग सिरोसिस** का हो अथवा
बेहोशी*** वश में कर ले,
डरना नहीं सुरापायी!
यदि, लाख डरावे विष-व्याला।

जान रहे हो, जीवन को
दुख से पड़ता रहता पाला,
दुखद जिंदगी से छुट्टी
दिलवाती सहज मदिर ज्वाला।

फिर भी, धीरज खोते जैसा
क्यों दिखते मदिरापायी!
मैंने तो, तुम लोगों से ही
जाना, सुख देती हाला।

---

* Jaundice (Hepatitis)

** Cirrhosis of Liver

*** Hepatic Coma

पर, अब मुझ पर दोष थोपकर
साफ चाहते हो बचना,
मैं तो, कहता रहा सदा हूँ
'गलत सीख देता प्याला।'

मैं छल सकता नहीं किसी को
जब, जीवन देता जग को,
अपने से ही छले गए हो
बना सुरा को गलमाला।

व्यंग-बोध को घोल सुरा सँग
मैंने सदा भरा प्याला,
तुम वह 'राजहंस' निकले जो–
छोड़ सीख, पी ली ज्वाला।

अमल अगर, करते बातों पर
कटु लगती तब मधुशाला,
कितना अच्छा लगता जग को
जब, बनते जीनेवाला।

मैं वह 'साकी' नहीं कि, बरजोरी
रखता सम्मुख प्याला,
मैं वह नहीं, सुरापायी से
लाभान्वित होनेवाला।

लाभ अगर, मुझ से जग पाता
मैं मुस्काता, गाता हूँ,
जग-जन-जीवन-हित में ही
यह खुली हुई है मधुशाला।

मद मातल प्याला में
मद में तुमने खूब नहाया है,
मैं शुभचिंतक हूँ, यह तुमने
कब जाना मद मतवाला!

अगर, रोकता पीने से तो,
नहीं मानते मदपायी!
अगर, सीख कुछ देता उस पल
फेंक मारते मृण प्याला।

ठोकर मार चले जाते
अन्यत्र कहीं पीने ज्वाला,
मुझे मार, जी जाती हाला
हंसती सारी मदशाला।

सबकुछ खोकर अब समझे हो
तो, जग को भी समझा दो,
'समझ नहीं रखनेवाला को
समझा देती है हाला।'

8

मद्यप मद में मौज मनाता
क्यों न पिएं बीबी-बाला?
नहीं चाहतीं अबला बनकर
जीना अब, मादक ज्वाला।

आओ बैठो मधुपायी!
यादों में घूम रही बाला,
बतलाता हूँ बात आज की
अधर लगा पहले प्याला।

आज अचानक मधुशाला में
आयी एक चपल बाला,
मांग रही थी बोतल, प्याला,
पीने को मादक हाला।

पहले तो, झिझका, सकुचाया
फिर, लाया मैंने प्याला,
सहज बैठकर लगा पिलाने
ज्वाला को ज्वाला-हाला।

'नर को जब अधिकार मिला है
पीने को जीभर हाला,
तब, नारी वंचित हो उससे
कब, कहता मदिरा प्याला!

नर तो, पी जाता है
बैठे-बैठे सारी मदशाला,
वह मुहताज रहे प्याला का
उचित न ठहराती बाला।'

देख और सुन, सोच रहा था
और ढालता जाता था,
मैं खोया-खोया-सा गुम था
बनी चंचला थी हाला।

ढाल-ढाल मैं पिला रहा था
वह पीती जाती हाला,
कोमल अधरों को चुम्बित कर
हर्ष मनाता था प्याला।

ज्वाला का ज्वाला से मिलना
मन को रास नहीं आया,
पर, कर्तव्य-बोध से जकड़ा
जड़वत था भोला-भाला।

वहीं, खूब वह चहक रही थी
लहक-लहक पीती हाला,
नहीं चाहती अबला बनकर
जीना वह मादक ज्वाला।

पूछ रही थी--'क्या समाज कुछ
मेरे पीछे कहता है?'
मैं सोते से जागा, बोला--
'नयी खुली है मधुशाला।'

लीक पकड़कर कहा तुरत फिर,
कान न देना बातों पर,
ध्यान सदा रखना प्याला पर
मान सहज देगी हाला।

घर में मान भले मत होगा
ज्यादा लोग न जानेंगे,
नाम कमाना अगर चाहती
दौड़ लगाना मदशाला।

सब होठों पर थिरक उठोगी
जैसे थिरक रहा प्याला,
गली, मुहल्ले, गांव, शहर में
छा, जाओगी मदबाला!

बहुत जलन है इस दुनिया में
शान्ति मगर, देती हाला,
जीवन जल्दी तय हो जाता
साथ अगर देता प्याला।

नर-सँग रास रचाकर मदिरा
जितना विष उसमें बोती,
उस से अधिक नारियों में विष
पहुंचाती है विष-व्याला।

किन्तु न जब, नर मद्यप पछताता
क्यों तुम परवाह करो,
रस के बस में ही रसना को
रचते रहना मृदुबाला!

होने दो बर्बाद स्वास्थ्य,
सम्पदा, खुशी को ज्वाला में,
रहे मगर, आबाद निरंतर
बोतल, प्याला, मदशाला।

गर्भ रहे, ना रहे, गर्व से
पीना गर्हित विष-प्याला,
गर्भपात की चिन्ता में
है गलत छोड़ना कटु हाला।

आंचल से चिपके बच्चों पर
तरस न खाना मदबाला!
सूख अगर, जाती है छाती
सूखे नहीं क्षणिक, प्याला।

अपना काम तुम्हें करना है
विधना पर बाकी, छोड़ो,
जीवन से टकराकर प्याला
मौज मनाओ मदबाला!

सुनकर मेरी बात, सहज हो-
कहा- 'नित्य मैं आऊंगी,'
चली गई उठकर वह ज्वाला
छोड़ शून्य में मधुशाला।

सीधे कुछ कहने की आदत
मुझे नहीं है मदपायी!
और व्यंग समझे कोई
ऐसा न मिला पीनेवाला।

9

मदिरा अगर, नहीं मारक है
लगे न बच्चों पर ताला,
मद्यप से ही सीख रहा है
पीना, वह भोला भाला।

'राम-राम साकी भैया' कह
बैठ गया मदिरापायी,
और चला मैं 'राम-राम' कहते
लेने बोतल, प्याला।

लाकर लगा पिलाने उसको
सागर* में भरकर हाला,
चार-पांच प्यालों पर रुककर
बोल उठा पीनेवाला--

* प्याला

'क्या बतलाऊँ, बहुत दुखी हूँ
कल तुमने जो दी बोतल,
नाच-नाचकर घर के बच्चे
चाट गए सारी हाला।'

अधरों पर मुस्कान और
मन में आह्लाद लिए बोला--
'व्यर्थ नहीं चिन्तित हो लाला!
चखने दो उनको प्याला।

तुम पीते जब, झूम-झूमकर
उनपर पाबंदी कैसी?
तुमको, उनको सबको भाती
है जब, कटु विगलित ज्वाला!

जब, मदिरा अच्छी है मद्यप!
बच्चों को भी पीने दो,
न्याय कहां कहता तुम पीओ
और न छूएं वे प्याला।

तुम पीकर जब, जीवन पाते
मौत उन्हें क्यों आयेगी?
हाला, प्याला एक जहां है
एक जहां है मदशाला।

बुरी अगर, हाला है तो, तुम
जान बुझकर क्यों पीते?
है अच्छी यदि, सुरा, सुराही
लगे न बच्चों पर ताला।

करो न अपमानित हाला को
तरल मौत कहकर मद्‌यप!
दोष न दो चुक्कड़, प्याला को
गलत नहीं है मदशाला।

मद कब कहता–'होठ लगा लो',
कब प्याला कहता–'चुमो',
कब तुमको आकर ले जाती
छैल-छबीली मदशाला।

स्वयं खिचे जाते मदशाला
लेते हो प्याला, हाला,
और अदा से पीते जाते
अपनी सेहत का प्याला।

घर जाकर इन सब बातों पर
खूब सोचना, गुणना है,
दोष दूसरों पर देना
आसान बहुत ही है लाला!

अपने को जाना न कभी जो,
वह समझायेगा किसको
और कही उसकी बातों को
मानेगा क्यों जगवाला!

चिंतित होना स्वाभाविक है
यदि, बच्चे चखते हाला,
स्वयं अगर दो छोड़
सुलझ जायेगा प्रश्न जटिल, काला।

यह भी याद हमेशा रखना
घर में करे न घर हाला,
नहीं व्याह, छट्ठी में घर को
पड़े कभी मद से पाला।'

मद का दर्शन, गंध, नाम तक
उचित नहीं समझा जाता,
बुरे विचार, कुमित्रों से
गठबंधन करवाता प्याला।

10

सड़े-गले चावल, महुआ, फल से
बनती मादक हाला,
जिसे आज आंखों के प्यालों से
पीता पीनेवाला।

आज पिलाऊंगा आंखों के
प्यालों में भरकर हाला,
जिसे आजतक, जिह्वा से ही
चखते आए हो लाला!

चलो तुम्हें लेकर चलता हूँ
सच्चाई दिखलाने को,
जो पर्दे के पीछे में है
लिए हृदय कलुषित, काला।

फल के छिलके, सड़े-गले फल ,
सड़ा हुआ महुआ, चावल,
ये बेजान भले हैं पर,
इनसे जिन्दा है मदशाला।

'त्याज्य वस्तु' कहकर अपमानित
इन्हें नहीं करना लाला!
इन्हीं वस्तुओं से जीवित है
चिर-परिचित मादक हाला।

विस्मित क्यों होते, बढ़ आओ
पीपे के अंदर झांको,
नाक बंदकर हटो न पीछे
यही बनेगी उरमाला।

सड़े-गले चावल, महुआ, फल
और सड़ाये जाते हैं,
देते जब, दुर्गन्ध अधिक तब,
बनती विगलित विष-ज्वाला।

धीमी आंचों पर रखकर के
‘अर्क’ उतारा जाता है,
बूंद-बूंद बनकर छन आती,
इस सड़ान्ध से कटु हाला।

बने तेज, कड़वी यह हाला
‘नौसादर’ जाता डाला,
इसी तरह घातक तत्वों का
अर्क लिए आता प्याला।

नयनों के चंचल प्यालों को
रोको नहीं सुरा पायी!
भरने दो उनमें जीभर कर
मदिरा का अन्तस काला।

आँख न फेरो, रुको क्षणिक तुम
देखो-- उन मजदूरों को,
जिनके पैरों से कुच-दबकर
मुस्काती विगलित ज्वाला।

घृणित, कुष्ट रोगी ही निशि-दिन
इस धंधे में होते हैं,
इन सबसे ही रूप सजाती,
नाम कमाती मदशाला।

अधिक और अब, पी न सकोगे
ऐसी मत कुछ बात कहो,
'त्याज्य वस्तु का अर्क' भले यह
फर्क नहीं पड़ने वाला।

घृणित भावना पैदा करना
नहीं चाहता हूँ लेकिन,
सत्य छिपाकर भी न चाहता
ढाल पिलाऊं विष-ज्वाला।

मदिरा के अन्तस में देखा
सड़ी जवानी को हंसते,
तुम में पैठ, सड़ा डालेगी
हर पुर्जा को कटु हाला।

एक बात कहता हूँ मद्यप!
गिरह बांधकर रख लेना,
सभी स्वार्थ से भरे हुए हैं
सुरा, सुराही, सुरबाला।

तन, मन, धन, यश, मान सभी को
मिटा, जुटाते हो पैसे,
तुम्हें मार, जी जाती हाला
मौज मनाती मदशाला।

विगलित विष-व्याला, ज्वाला से
चैन नहीं मिलनेवाला,
इससे कैसे सुख पाओगे
क्षणभर भी मद मतवाला!

आँखें बंद किए ही तुमने
पी है अबतक कटु हाला,
आँखें बंद किए ही की है
खाली प्याला-दर-प्याला।

देख समझ ली है अब सब कुछ
अगर रुचे, लेना प्याला,
सुखद जिन्दगी बांट रही है
दस्तक दे 'यह मधुशाला'।

तुम पर आश्रित विजय-पराजय
एक 'चिकित्सक-साकी' का,
'एक और मधुशाला' का भी
ओ' साधक पीनेवाला!

अगर, एक मदिरा छुटती है
लाभ अनेकों पाओगे,
स्वास्थ्य, सम्पदा, शान्ति, समन्वय,
संतति-सुख अपनाओगे।

डेग-डेग पर डेग बढ़ाएँगे--
सत्पथ पर जब बच्चे,
सोचो उस पल को, क्या--
फूले नहीं समाओगे लाला?

11 **वैदिक ग्रंथों में मदिरा को**
कहा गया बद, विष-व्याला,
छल है सुरा, कलह की जड़ है
अंगूरी मादक ज्वाला।

आज बढ़ाता हूँ मैं सादर
वही सोमरस का प्याला,
सागर मंथन से निकली है
जो सुरभित, सुषमित हाला।

नीलकंठ बन, बने भिखारी
कंठ निमज्जित कर हाला,
शंकर को भी तरल गरल ने
दिखला दी अपनी ज्वाला।

वैदिक ग्रंथों के शब्दों को
ढाल बढ़ाता हूँ प्याला,
'छल है सुरा, कलह की जड़ है'
अंगूरी मादक ज्वाला (ऋग्वेद 8.2.12)

'द्युत' से परिभाषित होती है(अथर्ववेद 6.70.1)
'महापातकी' मनुस्मृति में(10.44),
यजुर्वेद में मिलती है
'यवसुरा' रूप में कटु हाला।

जुआ और मद के वश में ही
जीती थी बाजी शकुनी,
सत्य पराजित था पल-क्षण को
अन्त दुखद लाया प्याला।

मद मातल दुःशासन की भी
हार हुई जग के सम्मुख,
किसका अन्त भला होता है
जब, लब से लगती ज्वाला?

किन्तु, नहीं होना विचलित
तिलभर भी, इन सब बातों से,
वैदिक हिंसा को हिंसा--
मानता नहीं है जगवाला।
(वैदिक हिंसा हिंसा न भवति)

अतः, ध्यान मत देना इनपर
सबकी अपनी बातें हैं,
अगर, लगोगे चिंतन करने
दुखित, रुष्ट होगा प्याला।

प्रगतिशील कहलाता वह
जो लेता प्यालों-पर-प्याला,
अच्छा और बुरा से मतलब
कब रखता पीनेवाला!

सुरा, सुराही के हित में ही
नित्य यहाँ आना मद्यप!
तुम्हें डुबोने को अपने में
आतुर रहती मदशाला।

मद्यप सिर्फ नहीं मरता
यदि, गले उतरती है हाला,
घर, बीबी, बच्चों के जीवन
पर भी तो, पड़ता पाला।

सुरा, सुन्दरी, सुगढ़ सुराही
हैं गवाह इन बातों की,
मद्यप-शासक के रहने पर
राज्य निगल जाती ज्वाला।

अपने-जैसे पीनेवाले को
नित देखा करते हो,
कैसी दशा बनाए रहते
दिशा कौन वे अपनाते?

अपना होश पराये वश में
क्यों रखता पीनेवाला!
चिंतन-मनन करो पलभर तो,
सहज छूट सकती हाला।

दुख, दुर्दिन, दुश्चिंता वाली
केवल नहीं सिर्फ हाला,
पुड़िया, पान-मसाला, जर्दा,
कश का अन्तस है काला।

दुःसह दुख दुर्दिन देता है
गांजा, भांग, हेरोइन भी,
मारजुआना या हसीस
या ब्राउन सुगर, जहर-ज्वाला।

जान मारने में है माहिर
अधरों पर आनेवाला,
उसे पालने का मतलब--
आगे का दिन होगा काला।

'आओ बैल मुझे मारो ही'
ऐसा क्यों करते लाला,
क्यों आमंत्रित करते लिपटे--
अंग-अंग में विष-व्याला।

सोचो, फिर सोचो, फिर सोचो
और त्याग दो बद आदत,
रोग बुरे है टी.बी., कैंसर,
धब्बा भी लगता काला।

मादक तत्वों के छुटने से
नया जन्म सच, पाओगे,
बीबी-बच्चे-सँग सुखी रह
फूले नहीं समाओगे।

12

अच्छी जगहों में मद प्याला
कभी नहीं जाता ढाला,
यही फैसला कर देता है
अच्छी है या बद हाला।

आज अचानक मेरे मन में
प्रश्न सहज उपजा लाला!
'मंदिर, मस्जिद, गिरजाघर में
क्यों न कभी आती हाला?

क्यों कतराता हाला-प्याला
गुरुद्वारा, पैगोडा से,
अस्पताल, कचहरियों में भी
क्यों न दौड़ती विष-व्याला?

क्या मद शिक्षा-संस्थान में
अपनी जगह बनाता है?
क्यों उजियाला से डरकर के
लुक-छिपकर चलता प्याला?'

केवल, 'मैं क्या जानूँ' कहकर
छूट नहीं सकते लाला!
तुम सब कुछ जानते, समझते
और समझता मृण प्याला।

बहुत सरल इसका उत्तर है
और जानना भी सुखकर,
यही फैसला कर देता है
अच्छी है या बद हाला।

बहुत स्पष्ट है अंधकार में
गलत काम करता प्याला,
बुरे तत्व का साथ निभाती
हद से बढ़कर विष-ज्वाला।

Dark deeds are always better done in the dark
—Victor Hugos 'Discovery'

जीवन में सुख-शान्ति नहीं
दे सकती विगलित विष-ज्वाला
मरण सुनिश्चित है जल्दी
जो जपता प्यालों की माला।

जहां खड़े हो अभी, चहक कर
चाह लिए मदिरा-प्याला,
लौट वहीं से जाओ मद्यप!
लाख बुलावे मधुशाला।

तुम हाला के साथ दौड़कर
जीत नहीं सकते बाजी,
तुम्हें मारकर बढ़ जाएगी
और अधिक आगे हाला।

अतः, तोड़ बोतल, प्याला को
बनो सुखी जीनेवाला,
है मरीचिका मधुशाला,
मृगतृष्णा है हाला-प्याला।

13

गले उतरते ही सहसा
जिह्वा पा जाती है हाला,
फांसी के फंदे तक
आसानी से पहुंचाता प्याला।

सरल ज्ञान की बातें कहता
तुम्हें आज मदिरापायी!
मदिरा की दुनिया विचित्र है
है रहस्यमय मद-प्याला।

नहीं जुवां से कुछ कहती है
बोतल में रहकर हाला,
प्याला तक आकर चुप रहती
चाहे जिसने भी ढाला।

लेकिन, ज्योंही गले उतरती
प्याला की मादक ज्वाला,
जिह्वा पा जाती है सहसा
बकने लगती है हाला।

प्याला में उतराने लगती हैं
रहस्य की बातें सब,
जिन्हें होठ तक लाने से भी
डरता था जीनेवाला।

भूली-बिसरी, गलत बात झट
सहज उगलती है हाला,
बहुत लोग हाला से ही
खुलवाते मुँह पर का ताला।

रस के बस में फँस मदपायी
आजीवन पछताता है,
नहीं, किए पर पछताता है
किंचित, मदशाला, प्याला।

14

पीने के पीछे, 'कुछ कारण'
आगे रखता मतवाला,
बिना किसी कारण के अबतक,
मिला नहीं पीनेवाला।

आज अचानक दुपहरिया में
क्यों आए पीने लाला!
बैठो, पहले कुछ सुस्ता लो,
गले लगाना फिर, प्याला।

ऐसी क्या है हाला में जो
तुम्हें खींचकर लाती है
बिना पिए क्या काम किसी का
नहीं यहाँ चलनेवाला?

पीने के पीछे कुछ कारण
हर मद्यप रखता आगे--
कुछ कहते-- (1) भूलने हेतु
अपने को, पीते हैं हाला।

कुछ कहते-- (2) पीकर हो जाते
क्षणभर मुक्त गरीबी से,
(3) नीरस जीवन में कुछ को
रस-रास रचाती मधुशाला।

(4) भंगी, बधिक सुरा को सुख से
गले लगाते इसीलिए,
घृणित काम को सहज बना--
देती है कटु हाला-ज्वाला।

(5) ट्रक चालक, मजदूर
जपा करते हैं प्यालों की माला,
कहते-- शारीरिक पीड़ा से
मुक्त कराता है प्याला।

(6) धन के अभिमानी भी आते
भरते शीशे का जाला,
(7) परम्परा पर भी निर्झरणी-सी
झर-झर झरती हाला।

कभी-कभी मद्यप कहता--
(8) परिवार-परिस्थितियां ऐसी--
नहीं चाहकर भी नित दिन
आना पड़ता है मधुशाला।

(9) कौतूहलवश कभी चला--
आता कोई चखने हाला,
(10) खेल-खेल में भी कोई,
रख लेता अधरों पर प्याला।

(11) बुरी संगति में पड़कर भी
खिंचे-चले कुछ आते हैं,
(12) कभी शौकिया पीने आते
लुक-छिप करके मदशाला।

(13) दुखदायी घटना, (14) कमजोरी
या (15) लम्बी बीमारी भी,
उकसाती, बहकाती जिससे,
भाने लगती मदशाला।

(16) ठंठक, सर्दी से बचने के
लिए दवा-सी लेते कुछ,
लेते-लेते लेने लगते
चुस्की-दर-चुस्की हाला।

(17) चोर, लुटेरे, हत्यारे तो,
बल पाते पीकर ज्वाला,
बड़े गर्व से कहते--
मुश्किल काम सहज करता प्याला।

(18) पहन सभ्यता का जामा भी
लोग यहां पर आते हैं
(19) और धर्म का माला--
जपने वाले जपते मृण-प्याला।

(६0) अगर, कोई असहाय कहीं पर
मिल जाता मद-प्याला को,
बहला कर लाता मदशाला
और पिलाता कटु हाला।

जान रहा हूँ तुम भी कुछ
कारण अवश्य बतलाओगे,
बिना किसी कारण के अबतक,
मिला नहीं पीनेवाला।

कारण पर सब दोष थोपकर
नहीं निकल सकते लाला!
जबतक, तुम आगे न बढ़ोगे
साथ नहीं देगा प्याला।

अब न मुझे जिज्ञासा होती
उत्तर पाने की किंचित,
प्रश्न बदलकर अब कहता हूँ
झूठ सिखाती है हाला।

चोर, लुटेरे, हत्यारे
दुष्कर्म सहज कर जाते हैं,
उससे ही निष्कर्ष निकलता
है बदजात, कुटिल हाला।

सुरा बुराई की जड़ केवल,
करती है मति भ्रष्ट सदा,
उसपर जान लुटाना कैसा
जो है मकड़ी का जाला!

होश करो, है समय अभी भी
छोड़ो मदशाला, प्याला,
छोड़ो दुनिया को बतलाना
क्यों पीते मादक ज्वाला!

हर चुक्कड़ में सत्य ढालकर
अबतक, तुम्हें पिलाया है,
नशा अगर, थोड़ी उसकी भी
होती, छुटती मदशाला।

अभी यहां से चले गए तो,
झूम बनूंगा मैं पागल,
'यह मधुशाला' खुशी मनायेगी,
रोयेगी मदशाला।

जिस उद्‌देश्य लिए खोला था
अपनी यह 'नव मधुशाला',
हुई सार्थक अगर, एक ने भी
मन से पीआ हाला।

खुश होऊंगा यही सोचकर
आता मुझे पिलाना भी,
मान मुझे देगा जग सारा
और सुरा पीनेवाला।

पुलकित होंगे प्राण जगत के
नयी चेतना जागेगी,
मदशाला को बंद करा
सुख देगी जब 'नव मधुशाला'।

लेकिन, कभी सिहर भी जाता
यही सोचकर के मद्यप!
यहां न आकर चले गए यदि,
और कहीं पीने ज्वाला।

मृत्यु वहीं मेरी तब, जानो
कमी रही होगी मुझमें,
नहीं ठीक से तथ्य ढालकर
रखना आता है प्याला।

15

'सिर्फ आज भर पीऊँगा'
यह कहता हर पीनेवाला,
'आज हमेशा रहता'
रहती रोज चहकती मधुशाला।

आज तुम्हें क्या सूझी मद्यप!
आते-आते मधुशाला,
क्यों कहते हो-- 'सिर्फ आज भर
अधरों पर होगा प्याला?'

सधे हुए मदयापी हो
यह सोच पिलाने बैठा था,
मैं क्या जानूं, कल से तुम
कहलाओगे जीनेवाला।

नहीं मुझे ठग सकते मद्यप!
भले, स्वयं को छल लो तुम,
आज रहेगा सदा तुम्हारा
और रहेगी मदशाला।

प्राण-प्रतिष्ठा प्याला का है
तुम से सच, पीनेवाला!
उसी कड़ी से जुड़ी सहज है
मदशाला, बोतल, हाला।

तुम हाला पर निर्भर हो तो,
हाला है तुम पर निर्भर,
तुम मदशाला पर निर्भर हो
तुम पर निर्भर मदशाला।

शाला से जुड़कर ही तो, मद
प्यालों में बिछ-बिछ जाता,
जिसे खुशी से गले लगाते,
गले उतरती है ज्वाला।

अब तक का निष्कर्ष यही है
मद्यप को पीती हाला,
अब तक का निष्कर्ष--
डूब मरता मद में पीनेवाला।

अब तक का अनुभव बतलाता
सभी यही नित कहते हैं--
'सिर्फ आज भर पीऊंगा,
कल से छोड़ूँगा मद-प्याला।'

जिह्वा सदा कहा करती है--
व्यर्थ सुरा, बोतल, प्याला,
किन्तु, उसी में डूबी रहती,
अन्तस को करती काला।

रोज सबेरे मदशाला तक
चलकर मद्यप जाता है,
और शाम में, कंधों पर लद
घर आता मद-मतवाला।

नहीं चाहता है पीना
पर, नहीं छूटता है प्याला,
दो पाटों के बीच पिसाता
रहता है पीनेवाला।

बिना पिए मद्यप पछताता
पीकर भी पछताता है,
सुरा न होती, सांसें घुटतीं,
घुटतीं पीकर भी ज्वाला।

अपने को तुम लाख मना लो
आने दो कल को मद्यप!
तुम भी कल निश्चित आओगे
रूपा जीवा है हाला।

जब तक 'आज' रहेगा तब तक,
नित्य यहां पर आओगे,
लुप्त नहीं होने को 'यह दिन'
लुप्त नहीं होगा प्याला।

लेकिन, मैं तुमसे कहता हूँ
स्वस्थ, सुखद जीवन जीओ,
रंग नहीं इसका होने दो
कभी कहीं से भी काला।

बीबी बच्चों संग, समाज में
रहो चहकते, मिलजुल कर,
संकल्पित स्वर हो मधुपायी!
'कभी न छूओगे प्याला।'

नहीं कहो-- 'कल से छोड़ूंगा'
आज इसी क्षण से छोड़ो,
आज न सकते छोड़ इसे,
कल तुम्हें न छोड़ेगी हाला।

जिसपर जान लुटाती हाला
उसकी जान बकसती कब!
तिल-तिल घुटता, मरता मद्यप
देख विहंसती मधुशाला।

अगर, पिए बिन, स्वेच्छा से तुम
अभी लौट जाओ मद्यप!
मैं समझूंगा मतिवाला हो
और सुहृद जीनेवाला।

रंग-अबीर लुटाऊँगा मैं
दिनभर याद तुम्हें करके,
और रात में, 'नव मधुशाला' पर
होंगी दीपक-माला।

16

आवश्यक है बहस आज की
पेय अनावश्यक हाला,
आवश्यक है यह भी–
मद्यप गलत न ढाले मृण प्याला।

आवश्यक है बहस आज की
पेय अनावश्यक हाला,
किन्तु, सुरापायी तुम कहते--
'श्रम को हरता है प्याला।

सुधा-सदृश्य आती, छा जाती
हरती है चिंता, पीड़ा,
मन से भय को दूर भगाती
सुखपाता पीनेवाला।'

पर, मैं कहता-मतिभ्रष्टा है
सुरा, सुराही, मृण प्याला,
चिंता से मन मुक्त कराकर
चिता रचाती मदशाला।

रूप सजाकर लालपरी सच,
छलती, ठगती, भरमाती,
जब उसमें फँस रोता मद्यप
तब, हंसने लगती हाला।

अरे सुरापायी! तुम जिसको
कहते अपनी मधुबाला,
चिपकी रहती उसी समय तक
जब तक पैसों की ज्वाला।

पिचक गए पाकिट अथवा जब,
पैसों पर पड़ता पाला,
आंख मोड़ लेती मधुबाला,
पट न खोलती मदशाला।

धन, सेहत के बूते पर ही
रोज नचा सकते प्याला,
पैसों पर ही बलखाती है
सुरा, सुराही, सुरबाला।

स्वार्थ भाव से भरे सभी हैं
सावधान! पीनेवाला!
नहीं मित्रता अच्छी उनसे
जिनका मन-जिह्वा काला।

मौत बिक रही है पैसों पर
'मृत्यु-द्वार है मदशाला'
अपनी सेहत का प्याला ही
पीता है पीनेवाला।

क्या जीते जी, जीता तुमने
जीवन की सुखमय बाजी?
या हारते रहे हो अबतक,
स्वास्थ्य, शान्ति, सुख, मणिमाला?

मन, मस्तिष्क, फेफड़ा, गुर्दा,
यकृत, आंत सब सड़ते हैं,
जब, उनपर लादा जाता है
निशि-दिन प्यालों-पर-प्याला।

इन पुर्जों का रोग ग्रस्त होना
पुर्जों पर पढ़ते हो,
और जानते 'मदशाला से
मरघट पहुँचाती हाला।'

दस नम्बर का पैसा जिसको
दसों दिशाओं से आता,
लालपरी से सज्जित रहता
उसका शीशा का जाला।

अथवा, अफसर के ही नाते
लालपरी लगती छाती,
माना, धन बर्बाद न होता
तन-मन तो होता काला।

जटिल रोग से रोता वह भी,
लेकिन, सोचो, मदपायी!
तुम क्यों रुपयों से खरीदते
दुख, दुर्दिन, दुःखह ज्वाला।

भात नहीं खाते हो लेकिन,
उसे सड़ाकर पीते हो,
घरभर भूखा, नंगा रोता
मौज मनाती मदशाला।

जिस मद से जलती है जिह्वा,
जिस्म, जवानी, जीवन भी,
वह कैसे सुख देगा
सोचा कभी इसे पीनेवाला!

फिर भी, पीने की जिद पर ही
अगर अड़े हो मदपायी!
तो, (1) मत साथ कभी घर लाना
हर्जाई हाला-ज्वाला।

(2) भूखे पेट कभी मत पीना,
(3) नहीं बिना पानी डाले,
(4) रात और दिन नहीं निरंतर
अधरों पर नाचे प्याला।

(5) यहां-वहां हर जगह न पीना,
(6) नहीं पियक्कड़ के सँग में,
(7) रोज अगर पींते हो तो,
दो-एक रोज रोको लाला!

(8) आदत डालो, धार घटाकर
कम-से-कम ढालो हाला,
(9) जागृतकर विश्वास हृदय में
लो संकल्प-- 'रूके प्याला'।

(10)केवल आज नहीं पीओगे'
इस पर डटकर रहो अगर,
इसी एक संकल्पित हठ से
मन को भाओगे लाला!

17

उद्योगी भी विश्व-लाभ-हित
बढ़े, जिधर हो उजियाला,
जीवन दे सकता न अगर तो,
करे न जीवन को काला।

मदिरालय का विक्रेता
'बेचता मौत' कह कर हाला,
जीवन दे सकता न अगर,
मत करे सुजीवन को काला।

मदिरा का बनना घर-घर में
कहर जहर का दुखद लहर,
यह तो, नंगा नाच मौत का
रुके! रुके! मारक ज्वाला।

मद का दामन छोड़, दूसरा--
काम पकड़ ले उद्योगी,
हर घर तब, खुशहाल रहेगा,
स्वस्थ, सुखी जीनेवाला।

अगर, सुरा का बनना, बिकना
सच में, जा सकता टाला,
और तोड़ दे गर्हित प्याला से
नाता पीनेवाला।

जागेगा बन्धुत्व-भाव जब,
शान्ति-ओर जग दौड़ेगा,
राज्य, देश, यह निखिल विश्व
तब, स्वस्थ सांस सब दिन लेगा।

'एक और मधुशाला' पर तब,
होगी दीपों की माला,
दिन में रंग-गुलाल उड़ेगा
गले मिलेगा मत-वाला।

18 मैं : एक उदाहरण–
पीता था कुछ दिन पहले तक,
अब, छूट गई मदिरा की लत।

हेल्थ दूसरों का सुधारते
सुधर गया मैं भी,
पीता था कुछ दिन पहले
अब, छूटी लत मय की।

फिर, क्यों नहीं छुटेगा तुमसे
कटु मादक प्याला!
"आज नहीं पीओगे"
दृढ़ निश्चय कर लो लाला!

जब न गले उतरेगी हाला
हँसी खिलेगी तब,
तन-मन-धन, बीबी-बच्चे भी
स्वस्थ रहेंगे सब।

दिन होली औ' रात दिवाली
रोज मनाओगे,
मिहनत के पैसों में
महमह खुशबू पाओगे।

19

'एक और मधुशाला', जग में
बाँट रही है खुशियाली,
बेहोशी से लौटाने की
क्षमता भी रखती प्याली।

झोपड़पट्टी के गरीब
या पिछड़े लोगों की हाला,
विष-मधुआ-हाड़ी है जिससे,
पड़ सकता क्षण में पाला।

जहरीले मधुआ, हाड़ी की
जहर **'मिथाइल अलकोहल'**,
गले उतरते ही मद्यप की
होश हड़प ले करती छल।

होश गंवा देनेवालों पर
दया दिखाती है 'ह्विस्की',
इसी **'इथाइल अलकोहल'** से
बच सकता मद-मतवाला।

समयोचित मात्रा में मध्यप
पीता 'ह्विस्की' का प्याला,
है अचेत तो, रबर-नली से
जाता जठर-बीच डाला।

आक्सिकरण तुरत रुक जाता,
रुक जाता विष का विस्तार,
और लौटने लगती है
चेतना, धन्य 'ह्विस्की' हाला।

'विष का मारक विष होता है'*
फिर, अपवाद नहीं हाला,
चेतावनी-- अमृत समझ मगर, 'ह्विस्की' को
पिए नहीं जीनेवाला।

---

* **विषस्य विषमौषधम्**

जहरीली मधुआ, हाड़ी जो,
मद्यप पर पड़ती भारी
उसके आगे ढाल बनी है
'एक और यह मधुशाला'।

20 अपना परिचय : डॉ. सुरेश प्रसाद

MBBS; DCP; DTM&H; [MD Paediatrics]

Life Member : Indian Medical Association

☐ अपने माता-पिता 'गंगा-हरि' की एक मात्र संतान

☐ **जन्मतिथि** : 1939, 2 जनवरी,

☐ **जन्म-स्थान** : दाऊदनगर, जिला-औरंगाबाद (बिहार)

☐ **शिक्षा** : मैट्रिक दाऊदनगर से ही 1953 में। बी.एच.यू. (बनारस) से आई.एस-सी. (जीवविज्ञान) के बाद बी.एस-सी. (फाईनल) के अंतिम वर्ष छोड़कर सन् 1656 में दरभंगा मेडिकल कॉलेज में नामांकन (जस्ट शादी के बाद) और सन् 1961 में चिकित्सक बना।

☐ **आगे पढ़ाई जारी** : एम.डी. की थिसिस (Thesis) के साथ सर्वप्रथम उसकी 'संक्षिप्तिका' लिखकर बिहार यूनिवरसिटी को आश्चर्य में डाल दिया मैंने। यह 'संक्षिप्तका' (Summary) इंगलैड में पढ़ी गई, और बहुत चर्चित रही, गर्व की बात।

डी.सी.पी. तथा डी.टी.एम. एंड एच. दरभंगा मेडिकल कॉलेज से ही। ☐ 'राजमाता' दरभंगा की सेवा-सुश्रुषा करने का सौभाग्य प्राप्त। राजमाता तब, स्वस्थ हुई; विशेष खुशी। यह करीब 1964 की बात है।

☐ पूसा (समस्तीपुर) में स्वतंत्र रूप से रोगियों की सेवा करते रहने के क्रम में ही सन् 1967 में पिताजी की मृत्यु के पश्चात्, घर पर (दाऊदनगर) प्राईवेट मेडिकल प्रैक्टिस के साथ साहित्य-साधना में तल्लीन रहने के

साथ-साथ जिंदगी में संघर्षो को बहुत समीप से देखा।

इधर आठ-दस (8-10) वर्षो से पटना में ज्येष्ठ पुत्र-परिवार के साथ रहता हूँ। चिकित्सक हूँ पर, अन्य चिकित्सकों से भिन्न।

□ जीवन में सूर्यास्त के बाद कभी मैंने रोगी को दवाखाना में नहीं देखा।

□ 7-8 वर्षो से मेडिकल प्रैक्टिस बंद।

□ अब, पढ़ना-लिखना, घूमना और जिंदगी को जोश व जुनून के साथ जीना एकमात्र उद्देश्य।

□ जो काव्य-रचनाएँ प्रकाश देखने में सफल हैं वे अब, आप के दृष्टि-पथ पर हैं।

मेरी अन्य काव्य-रचनाएँ और उनपर विद्वतजनों की प्रतिक्रियाएँ--

(1) चाय महाकाव्य

"कोमल कली-दो पत्तियों के संग चुट-चुट कर बँटी,
सज प्यालियों में नाचती बलखा रही प्रकृति नटी।"

○ किसी नया रचनाकार का यह पहला प्रयास (पहली ही रचना) है।

○ इस महाकाव्य का वर्ण्य विषय 'पदार्थ वाचक संज्ञा' है। सभंवतः, पहली बार ऐसा अनूठा प्रयोग साहित्य-जगत में हुआ है। (अब तक, 'व्यक्ति वाचक संज्ञा', 'जातिवाचक संज्ञा' या 'समूह वाचक संज्ञा' को ही वर्ण्य विषय बनाया गया है।)

○ भूमिका -- डॉ. प्रसाद की चाय की प्याली में सुरा से भी अधिक मादकता है। □ सुमित्रानंदन पंत

○ 500 से ऊपर साहित्यकार, राजनेता, शोधकर्ता अपनी-अपनी चाह (चाय) के साथ हैं पृष्ट-दर-पृष्ट।

यह तो 'डबल महाकाव्य' है। □ कन्हैया लाल मिश्र 'प्रभाकर'

□ डॉ. रामदेव प्रसाद

एम.ए.(द्वय) हिंदी, संस्कृत, लब्ध स्वर्ण पदक;

एलएल.बी., पी-एच.डी.: डी.लिट्.

○ बीज से लेकर अधरों तक आने की प्रक्रिया को अगर, चित्रों द्वारा सजाया, दर्शाया जाएतो, यह (अलग) 'ट्रिपल महाकाव्य' का आनन्द देता है।

□ नीरज

○ असाधारण और अपरम्परागत महाकाव्य है। □ रामदयाल पाण्डेय

○ कृषि-कर्म (cultivation) का विस्तृत वर्णन कविता के माध्यम से सर्वप्रथम। □ वियोगी हरि

○ 'चाय महाकाव्य' प्रचार का सार्वदेशिक और सार्वकालिक स्थिति है जिसके कारण चाय की महत्ता में चार-चाँद लग जाते हैं। प्रचारवाद की यह एक मौलिक कृति है और यह प्रचार (Advertisement) का अनूठा और एक मात्र उदाहरण है। □ कुमार कांत

○ आपने चाय-महिमा बताकर चाय पीनेवालों का मनोबल बढाया है।

□ डॉ हजारी प्रसाद द्विवेदी

○ 'शीर्ष बंध सह सारांश' (INDEX CUM SUMMARY) सर्वप्रथम काव्य में। □ पं. मोहन लाल महतो वियोगी

□ डॉ. राम बुझावन सिंह

(2) मदान्तकी (मद+अन्तकी)

(मदिरा-विरोधी काव्य)

○ आधुनिक समाज के लिए यह बहुत ही उपयोगी पुस्तक है।

□ आचार्य डॉ. हजारी प्रसाद द्विवेदी

○ मदिरा के खिलाफ कही गई बातों का इससे रोचक प्रस्तुतिकरण नहीं हो सकता। □ आचार्य डॉ. बचनदेव कुमार

○ काव्य में हाला के प्रति इस दृष्टि का दर्शन मुझे पहली बार हुआ।

□ हंस कुमार तिवारी

○ 'मदान्तकी' नामक आपकी पुस्तक की लोकप्रियता के लिए मेरी शुभकामनाएँ। □ डॉ. हरिवंश राय 'बच्चन'

○ मैं चाहूँगा कि इस रचना का अधिक-से-अधिक प्रचार हो।

□ केदारनाथ मिश्र 'प्रभात'

○ जो दो चार पद मैंने पढ़े हैं वे प्रसाद गुणयुक्त हैं। आपका प्रयत्न तो निःसदेह प्रशंसनीय है। □ बनारसी दास चतुर्वेदी

○ कविता का उद्देश्य ऊँचा उपयोगी है। सामयिक रचना की सभी सराहना करेंगे। □ पद्मश्री डॉ. सोहन लाल द्विवेदी

○ इन्होंने मदिरा के प्रभावों का वैज्ञानिक विश्लेषण भी प्रस्तुत किया है। अतएव इस रचना का आधार वैज्ञानिक प्रमाणिकता है।

□ रामदयाल पाण्डेय

○ डॉ. प्रसाद ने मदिरा पर करारी चोट की है। डाक्टर की इस चोट के बाद मदिरा की ग्राहयता वस्तुतः खण्डित हो जाती है।

□ आचार्य डॉ. देवेंद्र नाथ शर्मा

(३) चाय और मदिरा

चाय और मदिरा दोनों से
पूरित है यह प्याला,
'राजहंस' बनकर 'पाठक'
मद छोड़, चूसना ज्वाला।
और, नहीं कुछ चाह, चाह--
चाहक बन जग में जीना,
सावधान! है मौत 'मदकलश',
'मदबाला', 'मधुशाला'।

○ काव्य कला का उपयोग करके तो, आपने इस शुष्क विषय को बड़ा सरस बना दिया है। □ अटल बिहारी बाजपेयी

○ एक चिकित्सा विज्ञानी की ऐसी उत्कृष्ट रचनात्मक प्रतिभा देखकर मुझे सुखद आश्चर्य हुआ। चाय और मदिरा जैसी साधारण वस्तुओं पर कविता लिखना आसान नहीं है। □ आचार्य डॉ. देवेंद्र नाथ शर्मा

○ चाय का विज्ञापन और मदिरा का विरोध पहली बार काव्य में हुआ है। □ रास बिहारी पांडेय

○ एक मनोरंजक काव्य है। नीचे की अंग्रेजी पंक्तियों ने अधिक समृद्ध कर दिया है, आकर्षक भी। □ पं. सोहन लाल द्विवेदी

○ मदिरा को खूब आड़े हाथों लिया गया, जो सर्वथा उचित है। चाय टिप्पणियाँ में जो उद्देश्य समर्थक Quotations दिये है उनसेइसकी उपादेयता और भी बढ़ गई है। □ वियोगी हरि

○ हाला और चाय के गुणावगुणों का बहुकोणीय प्रस्तुतीकरण इस रचना में उपलब्ध है। कृति की एक महनीय विशिष्टता के रूप में वे उद्धरण प्रस्तुत हैं जिन्हें हर पृष्ट पर 'चाय' के संदर्भ में अनुसंधानपूर्वक लिखा गया है। □ डॉ. वचनदेव कुमार

○ मद्यपान से छुटकारा दिलाने का यह प्रयास सराहनीय है।

□ डॉ. सरोजनी प्रीतम

(4) परिवार-कल्याण (पति-पत्नी-संवाद)

स्वार्गिक सुख, सुविधाएँ, खुशियाँ
भर देनी है जग में सारी,
सुषमित, सज्जित, संतुलित और
संचेतन हो जीवन-क्यारी।

○ परिवार नियोजन जैसे महत्वपूर्ण तकनीकी किन्तु नीरस विषय पर काव्य रचनाकर डॉ. सुरेश ने अत्यन्त ही कठिन कार्य को संभव किया है तथा परिवार कल्याण के कार्यक्रम को अधिक लोकप्रिय बनाने में महत्वपूर्ण योगदान दिया है।

□ अटल बिहारी बाजपेयी
□ रामदयाल पाण्डेय
□ हंस कुमार तिवारी
□ डॉ. ए.के.एन. सिंहा

○ सरल, सरस भाषा-शैली में वैज्ञानिक तथ्यों को जन-साधारण के समक्ष प्रस्तुत करने में रचयिता ने अभूतपूर्ण कला-चातुर्य का परिचय दिया है।

□ डॉ. श्याम नारायण आर्य,

○ लेखन ने परिवार नियोजन की आवश्यकता, उपयोगिता और साधनों को बड़ी स्पष्टता से लोगों के लाभ के लिए प्रस्तुत किया है।

□ आचार्य डॉ. देवेंद्र नाथ शर्मा

() यह पुस्तक इतनी उपयोगी हो गई है पाठक इस पुस्तक को पढ़कर ही अपने मनोनुकूल परिवार नियोजन कर सकते हैं। □ रामदयाल पांड्य

(5) जीवन-बीमाः सबजन हिताय

योग[1] क्षेम[2] वहाभ्यहम्[3]

प्राप्ति[1] के रक्षार्थ[2] हम[3]

प्रस्तावक, अभिकर्ता, धारक,
परिजन, पद गरिमा है पूरी,
'एकमेक' होकर करते
जीवन की खुशियों को सिंदूरी।

(6) एड्स (AIDS)

Aquired lmmuno Deficiency Syndrome

उपार्जित प्रतिरक्षा - अभाव संलक्षण

''छिन गया कर्ण से 'कवच और कुण्डल'
तब, उसने हारा था,
हम हारे 'प्रतिरक्षा-अभाव में'
जिसका हमें सहारा था।''

'एड्स' के विषय में दो बातें आवश्यक है। आदमी को सतर्कता बरतनी चाहिए, लापरवाह नहीं रहना चाहिए जिसके लिए जरूरी है 'एड्स' को जानना। "Prevention is better than cure"

AUTHOR'S OTHER EDUCATIVE BOOKS OF RHYME FOR CHINDREN.

We have also, to say something in favour of a successful poet of Hindi, Dr. Suresh Prasad, who is our father. He has endeavoured to fill up the vacuum prevailing in the world of English rhymes. He has infused fresh life blood (an educational force) in the body of rhymes for children is a matter of pride and surprise. It is specially gratifying to note that area hither to untouched by the literatteurs of the English literature, has been admirably covered by a man who is versed in Medicine. His expressions are quite flowful, jingling, substantial and suggestive.

He has also, re-arranged the pictures of the PICTORIAL BOOKS (Flowers, Fruits, Vegetables, Birds, Pet or Domestic Animals, Wild Animals and Aquatic Beings) making them rhythmic and easily acceptable to the innocent mind. This 'research work' of my father is praise worthy.

His effort is admirable and his way of expression is meticulous, Those rhymes have been created with noval idea in mind, deserves all praise.

□ Rajiv Ranjan Prasad DES
□ Er. Pankaj Kumar
□ Er. Neeraj Kumar

Pl. have a look on FLOWERS -

Nature's poetry smells and smiles,
Focus the eyes on Its bricks and tiles.
Butter cup Begoina Balsam
Cosmos Champa Crysthanthemum
Daisy Daffodie Dahlia Rose
Soothing to our eyes and nose.
Pancy fancy phlox Pandanus
Periwinkle Paeoma Narcissus
Marigold Mogra Magnolia
They are the fragrance of India.

BIRDS [WINGED CREATURES]

Like birds, pictures are colourful,
Help the kids as a coaching school,
Crow cuckoo cock kite
Quail Kiwi Crane

Parrot Pigeon Pea-cock Swan
Duck Dove Hen

PET, DOMESTIC OR TAMED ANIMALS

Note and quote the rhymes on pet,
Animals have been arranged in set.
Cat Cow Camel/Deer Dog/Goat Sheep
Ass Mule Horse/Hare Hog/We Keep

PETS CUM HERBIVORES

Cow camel/Deer Elephant/Goat Sheep
Ass Mule Horse/Hare Hog/We keep

WILD ANIMALS OR THE ANIMALS IN THE FOREST

Forest is the 'Natural world' of pleasure,
The wild animals are the 'Natures treasure'.

We have in the 'Natural World'--
Elephant Tiger Lion Leopard
Hare Hog Hyena Hippopotamus
Bear Deer Kangaroo Rhinoceros
Fox Wolf Jackal Zebra Giraffe
They all cheer to make us laugh *Like Wese*

PET AS WELL AS WILD ANIMALS

Cat Deer Elephant
Horse Hare Hog
Are 'Pet cum wild'
Like a Dog.

THE RAINBOW

(i) If, it rains and there is the sun,
'Rainbow' appears like a fun.
(ii) Opposite to the sun as a token of love,
(iii) $V^1 I^2 B^3 G^4 Y^5 O^6 R^7$ **is from down-above.*
(iv) But, at noon, it can't be seen,
There is a scientific reason within.
** There are seven (7) colours in the sun rays,*
We do see it in the 'Rainbow' and praise.
They are

1. Violet	2. Indigo	3. Blue	4. Green
बैंगनी	नीला	आसमानी	हरा
5. Yellow	6. Orange	7. Red	
पीला	नारगी	लाल	

इंद्रधनुष

(i) रहती धूप, बरसता पानी
'इन्द्रधनुष' मुस्काता है,
(ii) सूरज के दूसरी तरफ यह
अपना पता बताता है।
(iii) बै^{1}नी^{2}आ^{3}ह^{4}पी^{5}ना^{6}ला^{7} रंग
नीचे से ऊपर भाता है,
(iv) लेकिन, कभी दोपहर में यह
नहीं नजर में आता है।

PARTS OF THE HUMAN BODY

[from above-downward]

Head, Neck, Shoulders,

Hands, Back, Chest,
There are also,
Abdomen , Waist
And two Legs
On which, they rest.

PARTS OF OUR FACE OR HEAD

[From above-downward]
Hair, Fore-head, Brows,
Eyes, Ears, nos*e,*
Mouth, Cheeks, Chin
Are set very close.

□□□